EPITRE

D'UN PERE A SON FILS,

SUR LA NAISSANCE

D'UN PETIT-FILS,

QUI A REMPORTÉ LE PRIX

de l'Académie Françoise en 1764.

Par M. DE CHAMFORT.

C'est du Fils de Céfar que Caton fit Brutus,
Difcenda virtus eft. Seneque.

A PARIS,

Chez REGNARD, Imprimeur de l'Académie
Françoife, Grand'Salle du Palais, &
rue baffe des Urfins.

M. DCC. LXIV.

BIBLIOTHEQUE ROYALE

EPITRE

D'UN PERE A SON FILS,

SUR LA NAISSANCE

D'UN PETIT-FILS.

Il est donc né ce Fils, objet de tant de vœux !
Il respire ! Avec lui nous renaissons tous deux.
Mon cœur s'est réveillé : cette ardeur qui m'en-
   flâme,
Au jour de ta naissance, a pénétré mon ame.
Je te pris dans mes bras : un serment solemnel
Promit de t'élever dans le sein paternel.

A ij

Le temps , qui m'a conduit au bout de ma car-
        rière,
De mes yeux par degrés épura la lumière.
Vainement & trop tard allumant son flambeau,
La raison nous éclaire aux portes du tombeau.
Ah! si l'expérience, école du vrai Sage,
Pouvoit de nos enfans devenir l'héritage ;
Si nos malheurs au moins n'étoient perdus pour
        eux,
Un père en expirant se croiroit trop heureux :
Mais il meurt tout entier, & la triste vieillesse
Dans la tombe avec elle emporte sa sagesse.

De mon vaisseau du moins que les tristes débris ;
Epars sur les écueils, en écartent mon Fils.
Je le vois , en mourant, s'éloigner du rivage ;
Ah! s'il arrive au port, je bénis mon naufrage.

Parmi tous ces Mortels, sur ce globe semés,
Les uns portent un cœur, des sens inanimés ;
Le feu des passions n'échauffe point leur ame :
D'autres sont embrasés d'une céleste flâme ;

Mais trop souvent, hélas! sa féconde chaleur
Enfante les talens, & non pas le bonheur,
Et de l'infortuné dont elle est le partage
Elle fait un grand Homme, & rarement un Sage.

Le bonheur! O Mortel, ose te détacher
D'un espoir que bientôt il faudroit t'arracher.
Si le songe est flatteur, le réveil est funeste :
Fais le bonheur d'autrui, c'est le seul qui te reste.

Si ton Fils n'a reçu que des sens émoussés,
Qu'il se traîne à pas lents dans les chemins tracés
Sans lui frayer toi-même une route nouvelle,
De tes seules vertus offre-lui le modèle.
Mais si des passions le germe est dans son sein,
Veille, père éclairé, sur ce dépôt divin.
Loin de lui ces Prisons, où le hasard rassemble
Des esprits inégaux, qu'on fait ramper ensemble,
Où le vil préjugé vend d'obscures erreurs
Que la jeunesse achette aux dépens de ses mœurs.
Si ton Fils ne te doit son ame toute entière,
Tu lui donnas le jour, mais tu n'es pas son Père.

Le chef-d'œuvre immortel de la Divinité
Sur la terre au hafard paroît être jetté.
L'homme naît; l'impofture affiége fon enfance;
On fatigue, on féduit fa crédule ignorance;
On dégrade fon être : ah! cruels, arrêtez;
C'eft une ame immortelle à qui vous infultez.
De l'éducation l'influence fuprême ;
Subjuguant dans nos cœurs la nature elle-même,
Peut créer à fon choix des vices, des vertus :
C'eft du Fils de Céfar que Caton fit Brutus.
Règne fur le hafard, affoiblis fon empire ;
L'homme peut le borner, ou même le détruire :
Que fon fier afcendant foit dompté par tes foins;
Transformes pour ton Fils les vertus en befoins.

O toi! Fille des Cieux ; que l'Univers adore,
Toi qu'il faut que l'on craigne, ou qu'il faut qu'on
          implore !
Sainte Religion, dont le regard defcend
Du Créateur à l'homme, & de l'être au néant;
Montre-nous cette chaîne adorable & cachée,
Par la main de Dieu même à fon Trône attachée,

Qui, pour notre bonheur, unit la Terre au Ciel,
Et balance le monde aux pieds de l'Eternel.

Mais déja de ton Fils la raison vient d'éclore:
Sache épier, faisir l'inftant de son aurore,
Où l'homme, ouvrant les yeux, frappé d'un jour
  nouveau,
S'éveille, & regardant autour de son berceau,
Etonné de penfer, & fier de fe connoître,
Ofe s'interroger, s'apperçoit de son être,
Dévore les objets autour de lui femés,
Jadis morts à fes yeux, maintenant animés,
Demande à ces objets leurs rapports à lui-même,
Et du monde moral veut faifir le fyftême.
A de fages leçons confacres ces momens;
De fes vertus alors pofes les fondemens;
Des vrais biens, des vrais maux, traces-lui fes
  limites;
Renfermes fes regards dans les bornes prefcri-
  tes.
Qu'il fache tour à tour fe concentrer dans lui,
Etendre fes rapports, & vivre dans autrui.

A iv

(8)

Ne fais briller pour lui que des clartés utiles :
Il est pour les Humains des vérités stériles.
Le Ciel est parfemé de globes lumineux ;
Mais un feul nous éclaire, & fuffit à nos yeux.

Prolonge pour ton Fils cet heureux temps
       d'ivreffe ,
Cet aimable délire, où la fimple jeuneffe ,
Ignorant l'artifice & les retours cruels ,
N'a point perdu le droit d'eftimer les Mortels ;
Et goûte ce bonheur, fi pur, fi refpeétable ,
De croire à la vertu, pour aimer fon femblable.
Jeune homme, j'aime à voir ta naïve candeur
Chercher imprudemment nos vertus dans ton
       cœur ,
Chérir une ombre vaine , adorer ton ouvrage ,
De tes purs fentimens reproduire l'image ,
Et fe plaire à créer, dans ta fimplicité ,
Un nouvel Univers par toi feul habité.
Oui , que mon Fils embraffe un fantôme qu'il
       aime ;
Nous croyant des vertus, il en aura lui-même.

Mais voici ce moment utile, ou dangereux,

Qui, souvent annoncé par un naufrage affreux,

Des sens avec le cœur préparant l'alliance,

Donne à l'homme étonné toute son existence;

Etablit ses devoirs sur ses rapports divers,

Le fait vivre à lui-même, & naître à l'Uni-

    vers :

Ce font les passions, dont la fatale ivresse,

L'élève quelquefois, & trop souvent l'abaisse.

Mais quel que soit sur nous leur ascendant vain-

    queur,

Leur force ou leur foiblesse est toute en notre

    cœur.

Indociles Courfiers, ils éprouvent leur Guide;

Le foible est entraîné par leur élan rapide.

Le fort fait les dompter, les asservir au frein :

Pour jamais de leur Maître ils connoissent la

    main.

Les Courfiers du Soleil, dans leur vaste carrière,

Répandoient sans danger les feux & la lumière;

Phaëton les conduit; bondissans, furieux,

Ils confument la Terre, ils embrasent les Cieux.

Si ton Fils des vertus a reçu la femence,
Des paffions pour lui ne crains point l'influence :
De nos égaremens on les accufe en vain ;
Le germe corrupteur dormoit dans notre fein :
De fable de limon cet impur affemblage,
Rebut de l'Océan foulevé par l'orage,
Avant que la tempête eût ébranlé les airs,
Il exiftoit déja dans le gouffre des mers.
Paffions, c'eft nous feuls, & non vous qu'il faut
    craindre.
Epurons notre cœur, fans vouloir les éteindre.

Parmi tous ces défirs dans notre ame allumés,
Le tyran le plus fier de nos fens enflammés,
C'eft ce fougueux inftinct, fait pour nous repro-
    duire,
Bienfaiteur des Mortels, & prêt à les détruire.
Qu'un feul objet, mon Fils, t'enchaînant fous fa loi,
Te dérobe à fon fexe anéanti pour toi.
Heureux fans doute, heureux, fi la beauté qui
    t'aime,
Rempliffant tout ton cœur, te rend cher à toi-
    même,

Et mêle au tendre amour qu'elle a su t'infpirer,
Ce charme des vertus qui les fait adorer.
Nœuds avoués du Ciel, refpectable hymenée,
De mon Fils à tes loix foumets la deftinée !
Que par toi de fon être étendant le lien,
Mon Fils, pour être heureux, foit homme &
  citoyen !
Loin d'ici ces Mortels, dont la folle prudence
Refufe à leur Pays le prix de leur naiffance,
Et qui, prêts à brûler des plus coupables feux,
Morts pour le genre humain, penfent vivre pour
  eux.

Amitié, nœud facré, récompenfe des Sages,
Plaifir de tous les temps, vertu de tous les âges,
Oui, mon Fils chérira tes devoirs, tes douceurs !
L'aftre qui nous éclaire eut des blafphéma-
  teurs ;
Des monftres ont maudit fa féconde influence ;
D'autres ont de Dieu même abhorré l'exiftence,
Ont haï l'Eternel ! Amitié, qui jamais
A blafphêmé ton nom, a maudit tes bienfaits ?

Le Ciel daigne accorder au Mortel magna-
    nime
Une autre paffion plus rare & plus fublime;
Aliment des vertus, ame des grands deffeins :
C'eft ce noble défir d'être utile aux Humains;
D'avoir des droits fur eux, de vivre en leur mé-
    moire,
Le plus beau des befoins, le befoin de la gloire :
Impérieux inftinct, que des Dieux bienfaiteurs,
Par pitié pour la Terre, ont mis dans les grands
    cœurs.
Mais qui cherche la gloire, a befoin qu'on l'é-
    claire :
Il en eft une, hélas! criminelle ou vulgaire,
Que le foible pourfuit, qu'encenfe le pervers,
Qui, fous différens noms, fléau de l'Univers,
Arme le Conquérant, lui commande des crimes,
Dicte au Sage infenfé de coupables maximes,
Aiguife le poignard, prépare le poifon,
Pour fauver de l'oubli le fantôme d'un nom!
Preftige d'un inftant, vaine & cruelle idole,
Non, ce n'eft point à toi que le Sage s'immole.

Ses jours dans les travaux ne font point confu-
    més,
Pour laisser quelques pas fur le fable imprimés.
Mais fervir, éclairer le genre humain qu'il aime,
En recherchant fur-tout l'eftime de foi-même,
La mettre au plus haut prix , l'obtenir de fon
    cœur,
Voilà quelle eft fa gloire & quelle eft fa gran-
    deur.
Si de ce beau défir ton ame eft dévorée,
Nourris dans toi, mon Fils , cette flamme fa-
    crée,
Tandis que tes efprits, dans leur mâle vigueur,
Du feu des paffions reçoivent leur chaleur.
Ah ! lorfque les glaçons de la froide vieilleffe,
Viennent de notre fang arrêter la vîteffe ,
Lorfque nous recelons dans un débile corps,
Un efprit impuiffant, une ame fans refforts ;
Plus de droits fur la Gloire & fur la Renommée;
La lice de l'honneur eft pour jamais fermée;
Et fur nos fens flétris, ainfi que fur nos cœurs,
L'oifive indifférence épanche fes langueurs.

Mon Fils, fur les Humains que ton ame attendrie
Habite l'Univers, mais aime fa Patrie.
Le Sage eft Citoyen; il refpecte à la fois
Et le tréfor des mœurs, & le dépôt des Loix :
Les Loix ! raifon fublime, & morale publique,
D'intérêts oppofés balance politique;
Accord né des befoins, qui par eux cimenté,
Des volontés de tous fit une volonté ;
Chéris toujours, mon Fils, cet utile efclavage,
Qui de ta liberté doit épurer l'ufage.

Entends mes derniers mots, toi dont les foins
    prudens
Doivent de notre Fils guider les premiers ans.
J'ai vu fon doux fourire à fa naiffante aurore ;
Son premier fentiment à tes yeux doit éclore:
Dans ton fein paternel il ira s'épancher ;
Et moi d'entre tes bras la mort va m'arracher.
Puiffe un jour cet Ecrit, gage de ma tendreffe,
Cher Enfant, à ton cœur, faire aimer ma vieil-
    leffe !

Puisses-tu t'écrier, saisi d'un doux transport,

Il fit des vœux pour moi dans les bras de la mort.

Oui, c'est toi, qui m'offrant une heureuse espé-

rance,

Plus loin dans l'avenir portes mon existence :

Je t'apprends le secret de vivre & de jouir ;

Ma mort t'enseignera le grand art de mourir.

F I N.

www.ingramcontent.com/pod-product-compliance
Lightning Source LLC
LaVergne TN
LVHW012248030726
842520LV00010B/2997